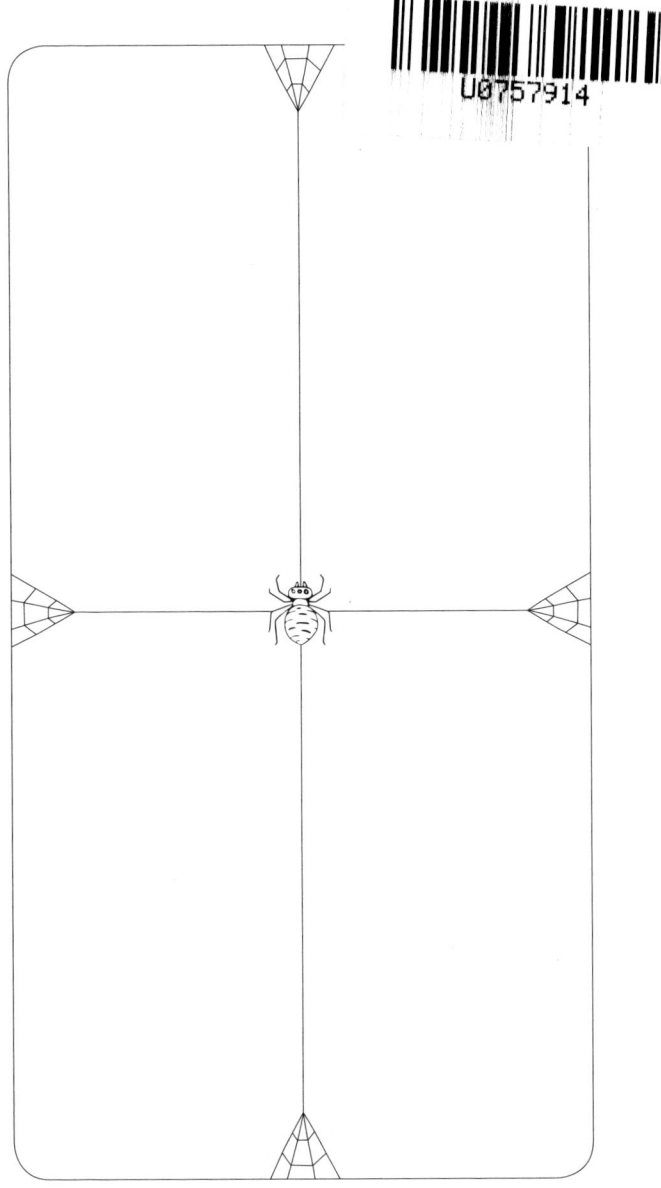

奥林匹斯

LA MYTHOLOGIE

山上的

VUE PAR LES

怪物

MONSTRES

有话说

蜘 蛛 女

Moi,

阿 拉 克 涅

Arachné,

la tisseuse

[法] 西尔维·博西埃 著   徐洁 译

中央编译出版社
Central Compilation & Translation Press

Sylvie Baussier

N o t e

作者按

d'intention

de

l'autrice

如果我告诉你，希腊神话中的怪物们其实都保有一丝人性；

如果我告诉你，我们每个人的内心都有一处自己不愿面对的隐秘角落……

历史总是由胜利者来书写，我们对此已司空见惯：滑铁卢在英国的教科书里被描述成一场大胜仗，但在法国却不为人知！在神话故事里，忒修斯是大英雄，而米诺陶则成了大坏蛋……

可是，如果我们换个角度，是否可以关注一下"负面人物"呢？

或许，可以请他们来讲述一下自己的故事？

女士们、先生们，亲爱的读者们，现在就请拉着我的手，开启这段奇妙的旅程……

人物介绍
Les personnages

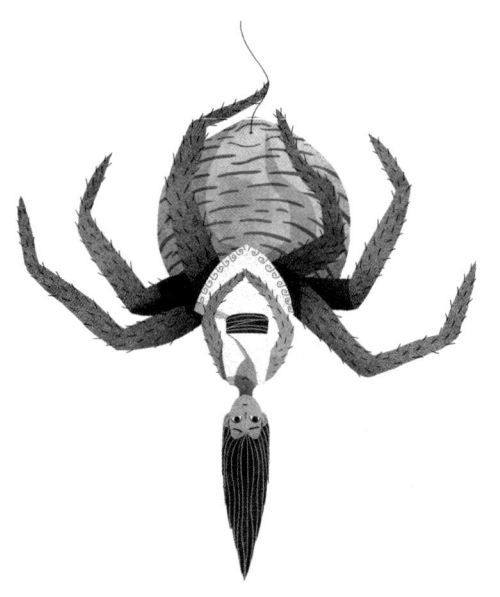

Arachné

阿拉克涅

这是个普通姑娘,出身寒微,
居住在小亚细亚吕底亚的许派帕城。

Idmon

伊德蒙

这位是阿拉克涅的父亲。

他是个很有名的染匠,擅长把羊毛染成绛红色。

Athéna

雅典娜

雅典娜是智慧与战争女神，
是宙斯和智慧女神墨提斯的女儿。
她从父亲的头颅里降生，一出生就是成年人，
她身着战袍，发出好战的怒吼。
她的眼睛是湖蓝色的，
有着"明眸女神"的美誉。

Nymphes

宁芙仙女

这几位是居住在山间、河中、树上等地的次等女神,

她们生活在地球上,

却同奥林匹斯山诸神一样,拥有不朽之身。

来自特摩罗斯山绿色山坡

和帕克托罗斯河幽深溶洞的仙女们,

都对阿拉克涅的手艺赞不绝口。

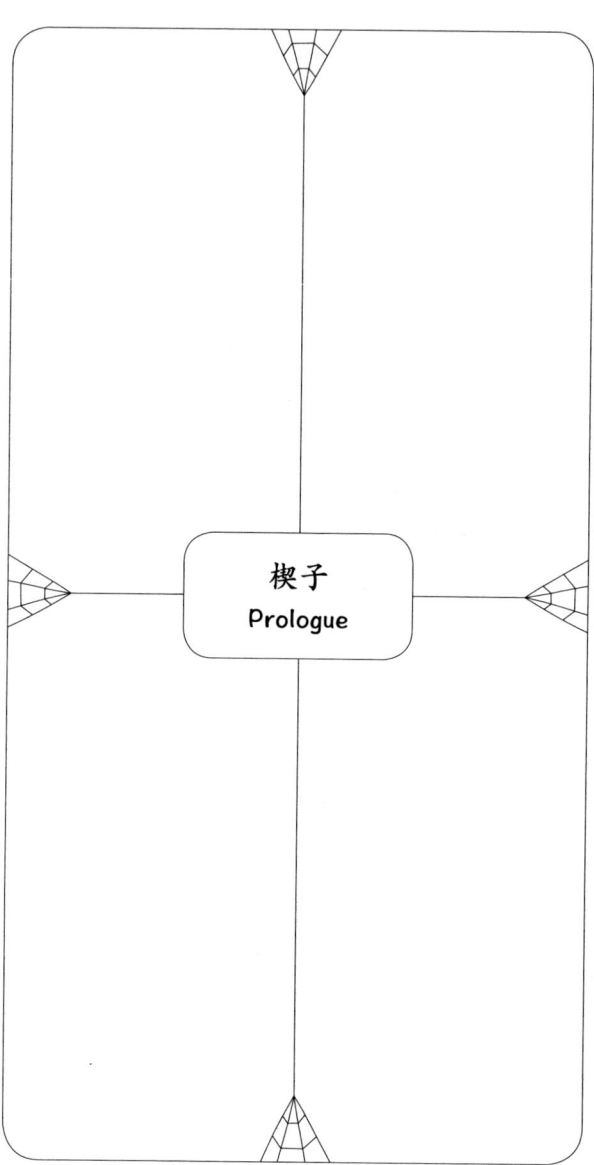

楔子
Prologue

我叫阿拉克涅。我的家地处偏僻,远离希腊最富庶的城邦,远离奥林匹斯山众神的居所。

我出身寒微,只能依靠自己的双手自食其力,创造美丽。

随着年龄的增长,我明白了一个道理:只要坚持不懈,总有一天我会成为出色的织布女工:用我的彩色纱线,在织布机上编织各色各样的挂毯,再现森林、天空、湖泊以及城邦里的各类人物……

可谁会想到,这份由努力加持的天赋会招来工匠守护神雅典娜的嫉妒?

谁又能猜到,欣然承认自己的天赋会把我引向奇怪而悲惨的命运……

现在就请坐下。

深呼一口气。

试着相信我的话,即便我的故事……令人难以置信。

接下来,我将为你讲述我的故事。

目录

第一章

记忆 / 014

第二章

父亲的教诲 / 026

第三章

宁芙仙女们的警告 / 034

第四章

不速之客 / 044

第五章

雅典娜 / 052

第六章

与女神的较量 / 058

第七章

恐怖的阴影 / 064

第八章

天旋地转 / 072

阿拉克涅的传说 / 080
趣味游戏手册 / 094

Table des matières

Chapitre 1

Premier Souvenir / 015

Chapitre 2

Leçons du père / 027

Chapitre 3

Avertissements des nymphes / 035

Chapitre 4

Visite imprévue / 045

Chapitre 5

Athéna / 053

Chapitre 6

Concours de tapisserie / 059

Chapitre 7

Une ombre qui s'appelle la peur / 065

Chapitre 8

Le basculement / 073

Le mythe d'Arachné / 081

Cahier de jeux / 095

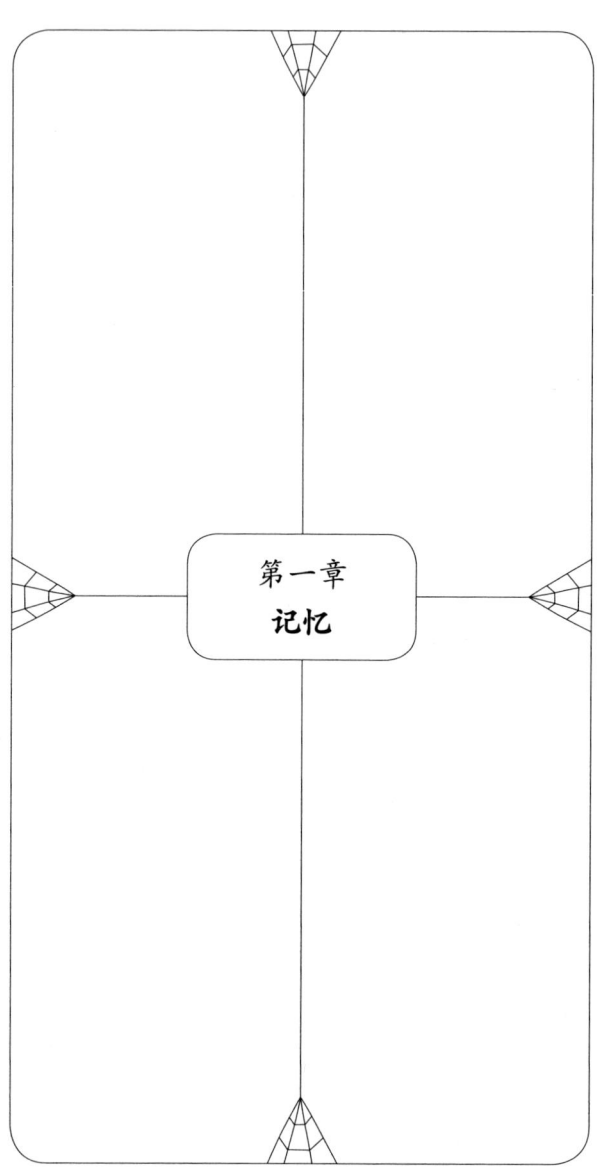

第一章

记忆

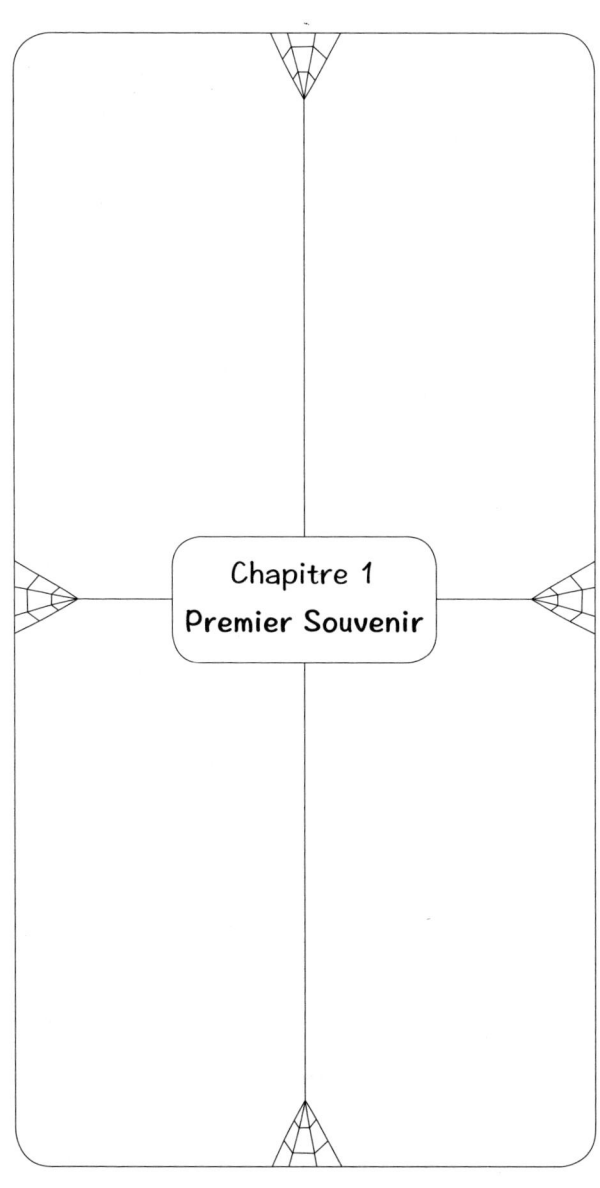

Chapitre 1
Premier Souvenir

我最早的记忆可以追溯到幼年时期。那时我可能三岁，也可能四岁，在染坊的地上玩耍。和往常一样，我的父亲伊德蒙在那里把羊毛布料染成绛红色——那颜色一直让我着迷。染坊各处都悬挂着刚刚染好颜色等待晾干的衣料。

我的父亲对他年轻的学徒说："去看看渔夫有没有新贝壳！"

"好的，师傅。"

为什么需要贝壳呢？他是饿了吗？我生于斯长于斯，熟悉这里的一切，可这是我人生中第一次真正留神聆听并观察这里发生了什么。

年轻人走开了一会儿，回来时双手捧着一个陶罐。他把罐子里的东西倒在一块木板上，露出一堆浅色尖壳的海洋生物，气味扑鼻，闻起来就像海水。其中几个壳上还爬着紫色的海蜗牛。

我的父亲松了口气："万幸！我差点找不到足够的原料来制作我的珍贵染料，没有这些贝壳提供的绛红色，就没有工作；

没有工作,就没有面包,没有无花果,也没有橄榄吃了!"

他开始研磨贝壳,然后把得到的粉末倒入另一个陶罐中,并加入盐。

最后,他对学徒说:"三天以后,你把这罐子里的混合物用文火收汁,就像我教过你的那样。"

那年轻人犹豫了一下,接着低声说:"我一个人能成吗?"

"当然。你总要独当一面的,更何况我就在旁边……"

我的父亲拿起一个罐子,里面装着已调好的绛红色染料,将一块未染色的衣料浸在里面。

就在这时,一位有钱的顾客走了进来,他身着麻布长袍,上面扣着银钩子。那庞大的身躯把门框撑得满满当当,他停顿了片刻,随后走了进来。

他一声不吭,把每一块染成绛红色的羊毛布拿起来一一查看。我能够感觉到空气中仿佛有看不见的东西在噼啪作响。我明白了,这是我父亲七上八下的心在跳动的声音,他害怕作品不能得到这位有钱人的青睐。

始终是一片沉寂,如同深不见底的夜晚。

突然,这位贵宾用一种不带任何情感的语气问道:"这块要多少钱?"

"三枚白金币。"

"太便宜了。"

我看着父亲:他张大嘴巴,瞪圆眼睛,露出惊讶的表情。

这位客人拿起了那块布料,从嘴巴里取出了四枚形状不规则的硬币——我早就注意到,我们希腊人用嘴巴当作钱包。然后,他将这些硬币递给了我父亲。

接着,他问道:

"谁纺的纱,谁织的布?"

"我的妻子,在她身体尚可的情况下。还有一位女仆。"

"至于你,就是染色大师了。"

"您过奖了……"

"我说的是实话。你是这城里最棒的工

匠。从今往后，我所有的朋友都会来购买你的杰作。"

他说着话就离开了。

我的父亲兴奋地说道："这样一来，我就有钱购买更多的贝壳来制作绛红色染料了！"

我问道："会有更多钱来买吃的吗？"

"是的，还有吃的。我的孩子，那是当然！"

从那天起，我明白我的父亲正用双手创造美丽，而且这种美丽是有价值的，能让我们过上好日子。虽然我还很小，可我已经为他感到骄傲！

我逐渐长大，开始和学徒一起在他的染坊里帮忙。多亏那位富商的推荐，父亲的店铺吸引了越来越多的顾客，订单也不断增加。我有时会溜到我们定居的许派帕小城街头，不过大部分时间我都待在染坊里。学徒手头做什么，就教我做什么，我开始给他打下手。

八岁时，我负责监督煮贝壳，以获得最鲜艳的绛红色。有时，我会得到一块有染色瑕疵的布料作为礼物，这让我开心极了。父亲的生意越做越大，他又雇了两名助手，我空闲的时间便多了起来。

我有时和邻居莉薇娅一同玩耍。我们十岁时，她便开始和她母亲希莱娜整天在一起织布。我多么羡慕她能学习在织布机上操作梭子，将彩色纱线编织成羊毛挂毯！

有一天，我去她家玩。

我问莉薇娅："这太美了！为什么我不能像你一样学着在织布机上工作呢？"

莉薇娅垂下眼，长长的睫毛遮住了她深色的眼珠。

我逼问道："莉薇娅，怎么了？"

"该由你母亲来教你这个。"

"她不行，你很清楚的。"

那时我才意识到自己有多孤独。在那之前，我始终拒绝承认这一点。

当我还是婴儿的时候，我的母亲就一直在咳嗽。她起得很晚，但眼睛下面却总是带着黑眼圈。由于我们当时太穷，没钱雇个保姆来照顾我，在很长一段时间内，都是父亲在照顾我。我们只有一名助手为我们工作,她整天都在织布,因为父亲需要布料来染色。现如今,我们过上了好日子,可我上哪去找个能教我这门精湛手艺的女子呢?这手艺都是母女之间代代相传,别人是不愿教我的。

早在三年前,我的母亲就卧床不起了,她的话越来越少。我年岁渐长,去染坊的次数也越来越少,大部分时间都在照顾她,喂她吃饭。我不知道是什么病击倒了她,她终究还是没能战胜病魔,妈妈去了冥王哈得斯的王国。为了让冥河船夫卡戎带她渡过冥河,父亲在她嘴里塞了一枚硬币。从那时起,我的生活就只剩悲伤的黑白色,还有染料的绛红色。

这天早上,父亲又一次对我说:"阿拉克涅,你的脸色不好,你该出去走走。"

"我和你在一起挺好。"

"我需要再培养一名学徒。你看,自打那位有钱人来过后,店里的客人总是络绎不绝。"

最终,我走出了家门,在炎热的街道上眨巴着眼睛四下张望。

春天来了,嫩绿色的芽苞在花园中绽放,墙壁上的黄土在太阳下被烤熟。一朵小白云挂在碧蓝的天空中……真美!我来到莉薇娅的家门口,走了进去。她正在一台立式织布机旁工作,旁边坐着她的母亲。在她正在编织的图案中,我认出了我们的城市:许派帕。

我的朋友一看见我就高兴地跳了起来:"阿拉克涅!你可算是从伊德蒙的染坊里出来了!"

希莱娜邀请我:"来吧,小姑娘,和我们一起织布。你早就到年纪了,既然没有人教你,那就由我来……就把你当成我的第二个女儿。"

我感到受宠若惊,微笑着不知该如何回答。

她指着第三台织布机,接着说道:"你会用吗?"

"几乎不会……"

"看着我们是如何操作的。"

我仔细观察我的朋友:只见纱线垂直悬挂,通过陶土坠子加重以保持稳定。莉薇娅用木梭子通经断纬,随后朝上收回——就这样,她从上到下纺织出自己的图案。我还记得家中女仆的动作,内心不由产生一种冲动。我的手指痒痒的,我也想织布!我站在这架比我高的木织布机前,选择将要使用的纱线的颜色:红、黄、蓝……我的母亲很久以前在织布机上的动作在我脑海中浮现。我的手有些迟疑,慢慢摸索着。我听着希莱娜和莉薇娅的解释,她们的好意让我受宠若惊。太阳下山时,我只编织出一片淡淡的天空。

"学习需要时间。"莉薇娅对我说。

"我明白……我明天可以再来吗?"

"明天?只要你愿意,每天来都可以!"

就这么说定了。我和莉薇娅一起工作,

希莱娜没有其他活儿忙时,也会加入进来。她们母女俩亲密无间,真让我羡慕。每当希莱娜给出明智善意的建议帮助我进步时,我都格外想念我的母亲。我学习新手艺,我父亲也感到高兴。他多么希望妈妈能在我身边,他在用工作麻痹自己,我很清楚。

我情不自禁地对希莱娜说:"哪天我要是有个女儿,会把平生所学都教给她。就像你现在所做的那样。"

"你女儿一定会很高兴的,这是桩好事。"我朋友的母亲回答道。

我的手指变得越来越灵巧。一次、两次、三次,经过十次尝试摸索,终于诞生了过得去的作品,后来的成果越来越出色。几个月过去了,我开始赶上莉薇娅。可我觉得她越来越不爱笑了,和我越来越疏远。我们不再一起开玩笑了。我告诉自己这种感觉终究会过去,于是我把不愉快的想法放在一边,专心学习我热爱的这门手艺。

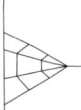

今天,我坐在织布机前,用全身弹奏出一种有节奏的婀娜旋律。我脑子里的图案在指尖缓缓诞生:城市的天空、平顶房屋、结着新芽的树木……

"你真的很有天赋!所有这些学习都得到了回报。"莉薇娅惊叹道。

我听出她声音中既有钦佩又有嫉妒。

"真的吗?这离我想要创造的效果还相差甚远……"

"你取得的进步令人吃惊,而且如此之快!我花了好多年的时间才让自己织出来的树看起来像……一棵树。"

我没听出她话中的醋意,而是想着自己还有很长的路要走。假如要创作出和我脑海中想象的一样美丽的图像,和我们周围的世界一样美丽的图像,我就得不停地工作。

我能成功吗?

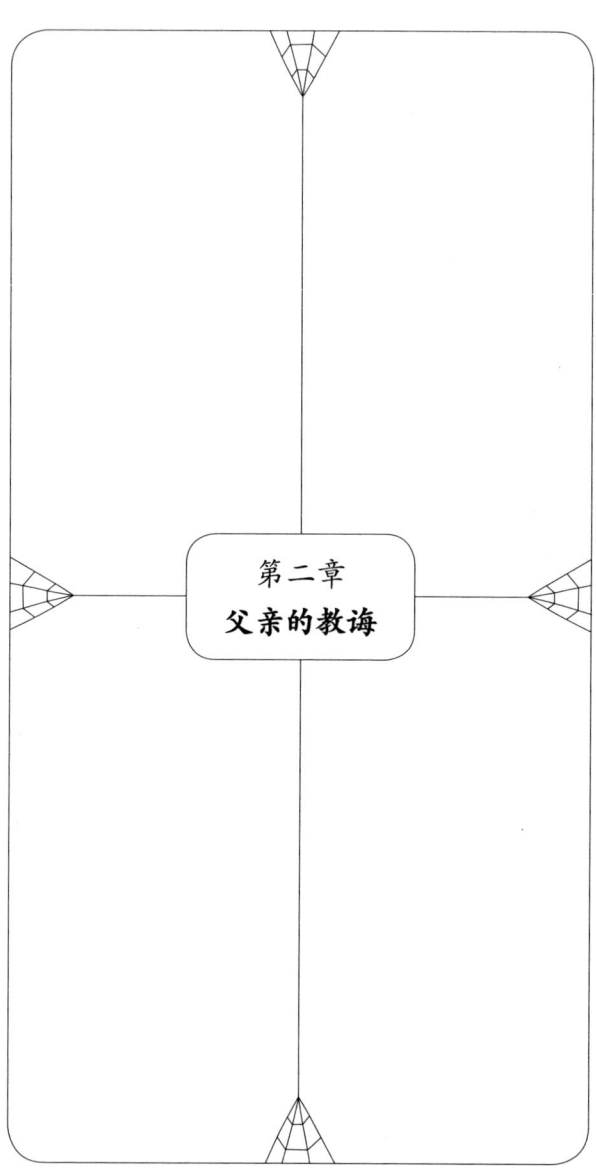

第二章
父亲的教诲

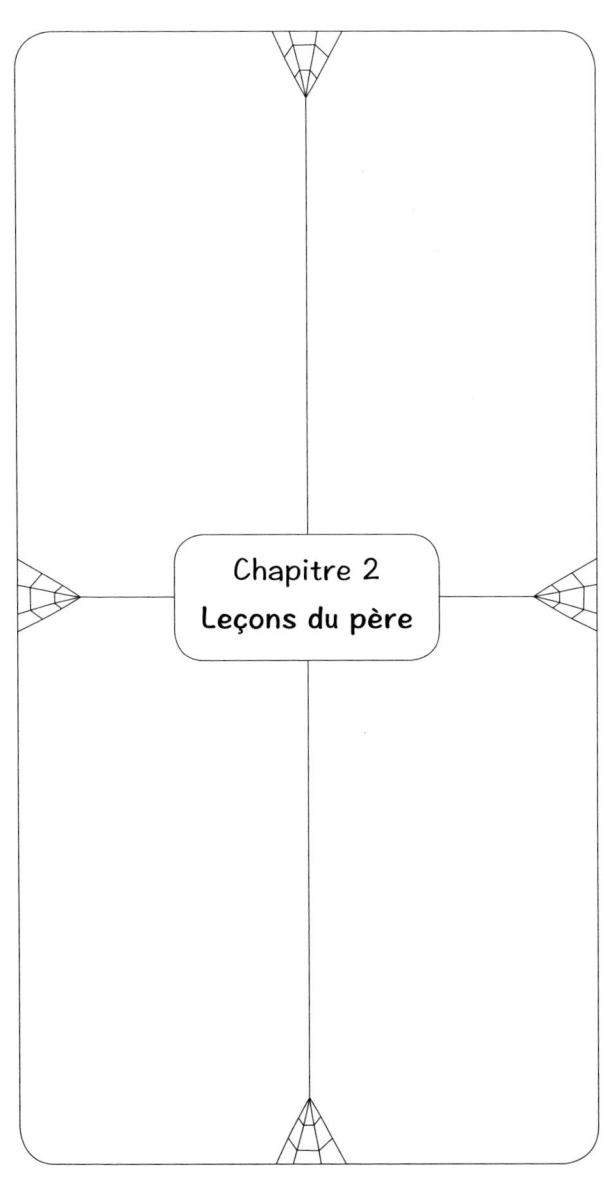

Chapitre 2
Leçons du père

这一次，我感到满意。

这一次，我的图案很美，和我想象中的一样。相比之下，莉薇娅的作品不够精巧细腻。

我们的目光交织在一起，我明白她和我想法一样，这令她无法接受。

她朝我大声喊道："你滚！"

她的声音在空气中炸开，就像一声雷鸣。她的面孔因愤怒而变得扭曲。这一刻，尽管她的脸蛋娇美如常，但我却觉得她好丑。

一股黯淡的悲伤更是袭上了我的心头：难道我会失去自己唯一的朋友，就因为……就因为我比她更有天赋，令她无法接受？

希莱娜停下手边的活计，惊讶地看着她的女儿。

我轻声说："我走了，莉薇娅，这真是你想要的吗？"

我仍然抱有希望。

我就不该这么问，因为她的回答没有半点迟疑："是的，这就是我想要的！"

她用一只颤抖的手指向门口，不知是出于愤怒还是绝望。

她的母亲对我说："对不起，阿拉克涅。"

随后,她转向莉薇娅,试图说服她:"我的女儿,我希望你能回心转意,我理解你的失望。虽然阿拉克涅能编织出更美妙的图案,可你们的友谊,那是另一回事,它是珍贵的。你就不能为她感到高兴吗?为她的才华感到高兴吗?"

莉薇娅没有回应她。

我看着自己尚未完成的作品:我织出了父亲伊德蒙的模样,他正看着一个穿着绛红色长袍的男子。那男子就是使他名声大噪的富商。我时不时会碰到他,看到他来我们染坊采购新产品。几个月的辛勤工作终于取得了进步,要是能拿给母亲看就好了……要是我能……她会为我感到骄傲,我敢肯定。我小心翼翼地从木框中取下挂毯卷了起来,然后就离开了。

回到家后,我审视自己的作品。看着不错,只不过……颜色可以更鲜艳,过渡可以更细腻,此处的嘴巴可以再多些表现力,那里的微笑略加收敛。我还有很长的路要走!

就在我自我批评的当口,父亲走进了房间,惊呼起来:"阿拉克涅,这是谁的作品?你从谁那里买的?"

"是我织的,父亲。"

"啊,是的,当然……只有你才能这样忠实地还原我的染坊,里面的氛围……我不再需要亲自去那里了,只需看看你的作品就可以了。"他开着玩笑,试图掩盖自己的不安,可我还是能感觉到。

我重新卷起织布,双手递给他,就像在献祭一样:"拿去吧,如果你把这个放在染坊里,你就可以看到两个它了。"

"谢谢你,我的女儿,我为你感到骄傲,你的才华出类拔萃。"

"要是莉薇娅能跟你有一样的反应就好了……"

我告诉他刚才发生的一切。

"在你的人生道路上,总会遭到他人嫉妒,我亲爱的女儿。不要因为这些灰心泄气。"

"我会记住这个教训,父亲。尽管我觉得很心酸。"

"我可以给你提个建议吗?"

"当然可以,我渴望更上一层楼……"

"仔细看看你的周围,观察各种颜色,想办法再现它们,我会尽力帮助你的。另外,明天我带你出去走走。"

"哦,真的吗?你从没这样做过,我们要去哪里呢?"

"你就等着惊喜吧。"他微笑着说。

第二天早上,我来到父亲的染坊,注意到他已经把我的作品挂在墙上了,优点和缺点一览无余。我又想起了莉薇娅,想去找她谈谈,尝试和解,可又有什么用呢?她把我赶走了,我感到难过,但同时也感到愤怒:该是她来找我的,该是她来接纳我的才能和努力,我比她更能织出美轮美奂的景象。

父亲兑现了他的承诺:他给助手做了一些指示,随后我俩就出发了。他告诉我,晚上我们就回家。这是我人生中第一次离开生我养我的城市。我们各自骑着一头驴,来到了乡村。鸟儿、橄榄树,一切都让我看花了眼,无边无际的地平线更是让我叹为观止。这对我来说是头一遭。在城市里,总会有一堵墙遮挡住视线。最后,我们来到小门德雷斯河边。我们沿着河边步行,父亲向我展示河水的瞬息万变：在阳光下，河水是蓝色的，闪闪发光；短暂的阵雨过后，几乎变成了灰色；到了黄昏时分，我们准备离开时，又变成了血红色。

"今天你学到了什么？"回家的路上，父亲问我。

"学会了真正去看。"

"看什么？"

"颜色、形状、近景和远景、运动、光的振动，还有倾听我面对如此美景时的感受。"

"很好。"

回到家后，我们已经很疲惫了，却在染坊里看到了那位富商。可现在已经很晚了！他是如此专注地欣赏我的作品，以至于没有注意到我们的到来。

"我向您问好。"父亲恭敬地对他说。

"是谁编织出的这件杰作？"他问道。

"她名叫阿拉克涅。"父亲在客人夸奖的鼓舞下郑重宣布。

这位男子看着我，仿佛是第一次见到我："是你，小姑娘？你差不多还是个孩子！雅典娜在上，这家人真是不可思议！我会在城里广为宣传的！"

从此以后，我就在自己家里独自工作。每天晚上，在日落西山之前，为父亲织布的女仆会早早离开。我喜欢接下来的时光，我一心沉浸在自己双手的劳作中，梭子穿梭不停。我在五颜六色中挑选，感到肩膀渐生疲劳，享受图样初具雏形的快乐。我把自己创造的第一批羊毛挂毯弃在一边，在角落里越堆越多。我勾勒出自己的城市、路人、河流，描绘出自己的房子，现在不知道该选择哪些主题了。一些邻居过来看我工作，有一两位买了我编织的作品，后来登门拜访的客人越来越多。

我想要表现的不只是周围的一方天地。可除了这些，我还能表现什么呢？我一边寻思着，一边用番红花的花蕊调配出亮黄色，用研碎的茜草根提取了大红色。当然，还有父亲用贝壳熬制的绛红色……

第三章
宁芙仙女们的警告

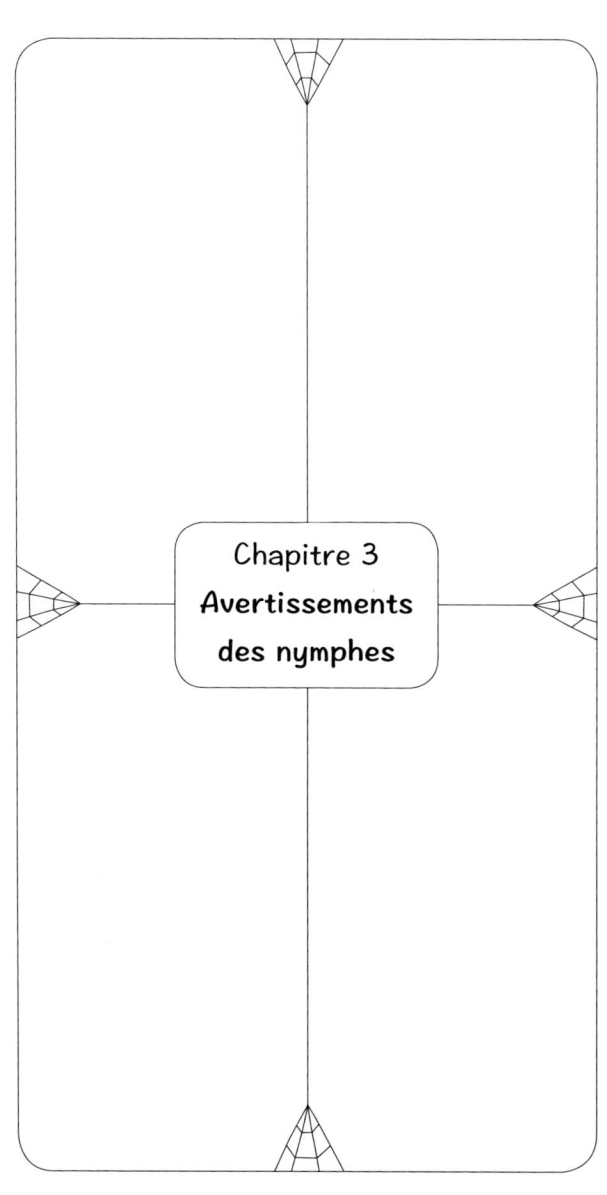

Chapitre 3
Avertissements des nymphes

我在街头漫步。在面朝小巷的作坊里，工匠们正在用陶车制作陶罐、花瓶和碗。有些将每个黄土陶器烧制三次，其他人则专注于用毛笔绘制黑色图案。我仔细观察着那些别具风格的鹅和采摘橄榄的场景。

其中一位陶工招呼我："小姑娘，你在找什么？需要打水的罐子吗？看看这个吧……"

他向我展示一个陶罐，上面画着几只美人鸟正在袭击一艘船。

这男子注意到我没有说话，便继续自卖自夸，随手拿起另一件物品："美人鸟的样子吓到你了吧？那你觉得这个画瓶如何？我在上面画了阿佛洛狄忒女神，她为我们城中女子带来美貌和舞蹈才能。"

"我听说过这个故事，你真的相信吗？"

"为什么不呢？我相信工艺女神雅典娜……"

"你认为自己的天赋是多亏了她的庇佑？"

"谢谢夸奖。说到你的问题，我认为相信这一点是明智的……尤其要公开宣扬神的庇佑。"他微笑着说，"奥林匹斯众神无论男女都是善变的，讨他们高兴是明智之举。"

"为了给你自己保平安?"

"完全正确,小姑娘。好了,我还有活儿要干,你需要点什么吗,到底买不买?"

我若有所思地看着他:"这么说来,照你的看法,一个姑娘来到这里就一定是想烧饭和照料家务吗?"

"宙斯在上,你到底想说什么?"

"我想说的是,我也会画画,用我自己的方式。不是绘制画瓶,而是编织场景。这就是我观察你图案的原因,是为了从中获得灵感。"

"那么雅典娜难道不会托梦赐予你灵感吗?她是你的守护女神,也是我的守护女神。如果你说的是实话。"

我涨红了脸,郑重地回答:"我为什么要欺骗你呢?千真万确,就和我的名字一样真,我名叫阿拉克涅……"

陶工一愣,接着笑了起来:"原来你就是那位年轻的天才!有传闻说你用毛线制作出了了不起的作品。"

这么说来,我的名头越来越大了。

我问道:"传闻?真的吗?"

就在那时，我突然看到莉薇娅拐过街角。她正和几个年龄相仿的女孩开心地笑着。但她一看到我，便马上沉下脸来。她垂下眼睛，加快脚步，经过我身边时甚至都没有打招呼。我买了一个罐子，心灰意冷地回到家里。我是否应该为自己的才华付出如此高昂的代价？就因为我发挥想象力和手艺创造出了美，我就注定孤独？

我一回到家就坐在织布机前——这是我忘却失去朋友和悲伤的方式。我编织出一道彩虹，真是美极了，各种颜色融合在一起，仿佛不只有七种，而是幻化成了一百或一千种。

我后退几步查看效果，却不小心碰到了什么东西，也可能是什么人。我吓得回过头去：只见有几个姑娘站在那里，我从未见过她们。

其中一个走了过来，她的声音就像叶间风声一样柔和，让我感到安心："别害怕，阿拉克涅。我们是特摩罗斯山的宁芙仙女。我们离开了自己的山坡,特地前来欣赏你的挂毯。全国都在传颂你的作品有多美。"

另一个声音响起,这次说话的声音就像是流水潺潺:"而我们,我们是帕克托罗斯河的宁芙仙女。我们跟随特摩罗斯山的朋友们一同前来。"

我终于鼓起勇气仔细观察她们:这些女子看起来非常古怪,感觉她们比人类女子要高大。有几个让我想起苔藓覆盖的森林,其他几个则如同幽暗的河流,水流似乎消泯在一座洞穴中。宁芙仙女们,这些不死神祇竟然来到了我这里!多么荣幸啊!

"请坐到我们中间,"其中一个提议说,"我们必须给你看一些东西。"

"为什么呢?"

"因为你有大麻烦了……"

大麻烦?会是什么样的麻烦呢?我既吃惊又有些担忧,不过还是和她们一起坐到地上。一位来自帕克托罗斯河的宁芙仙女做了一个手势,房间中神奇地出现了一些略微透明的人物。他们真的在这里吗?就在我们眼前？我伸出一只手，却穿透了他们。不对，他们并不真实存在于这世上。

真神了……

我认出了他们，我曾在神庙里看到过他们的雕像：有雅典娜，她手执长矛和盾牌，戴着头盔，神情傲然；一只猫头鹰栖息在她的肩膀上。海神波塞冬站在她面前，他低下头，似乎被傲慢的女神打败了。

我低声说："这些神祇看起来挺无聊的，难道他们和人类一样，总是在争吵，计较谁更厉害？"

"可以这么说，"一位森林宁芙仙女轻声说，"雅典娜确实不好惹……"

"有人曾提醒过我，可我只是个寻常女子，她应该不会对我产生兴趣。"

"谁知道呢？"

我想谈点轻松的话题，便问道："这些神祇之间会互相捉弄吗？"

"哦，当然！你知道宙斯是如何迷惑欧罗巴的吗？"

"不知道……"

宁芙仙女玉手一挥,雅典娜和波塞冬的画面就消失了。

我现在看到一群姑娘正在草地上玩耍。宙斯出现了,手持闪电,亮得我受不了,不得不捂住眼睛。光芒消失了,众神之王已变成了一头漂亮的白色公牛。他为什么要这样做?啊,我明白了……他在耍花招!凭借这副动物的形态,他朝一个姑娘走去,他看起来是如此温顺,以至于姑娘放下了防备。她爬上他的背!谁知他挺身而起,向大海冲去,在海面上奔驰,可怜的女孩只能紧紧抓住他。

我站了起来,震惊不已:"天哪,他把姑娘抢走了!"

"是的,宙斯用变形术骗了欧罗巴,而他的妻子赫拉什么都不知道。许多人类都听过这些故事。"

这宙斯真是胆大妄为!

浮现在空中的人物消失了。

宁芙仙女们用低沉的声音警告我,一个接一个发言,话音几乎连续不绝:"神祇并非完美无缺,可他们拥有力量,是不好惹的。"

"我们特地前来警告你,阿拉克涅。无论何时何地,雅典娜总想争第一。她曾教人类纺纱织布。"

"她无法容忍一个凡间女子的织布手艺竟能和她叫板……"

"甚至更胜一筹……"

"假如有人问起你的才能是从哪来的,千万要说是雅典娜教的。"

我反对说:"可那是扯谎!我是靠自己的辛勤努力学会织布的,和雅典娜毫无关系。我从未见过她。就算在梦中,她也未曾传递任何信息给我。我听说有些神祇是会这样做的。"

"我们不会将你的话说给她听。但请相信我们,千万要小心谨慎。"

"为了自保,我就得撒谎吗?"

"不如说是'粉饰事实'。"一位宁芙仙女建议。

"绝不!"

她们不再继续这个话题,我也闭口不谈,可她们的话始终萦绕在我的脑海中。在她们离开后,我依然在想:雅典娜是否真的如宁芙仙女们所言,这么不好惹?

第四章

不速之客

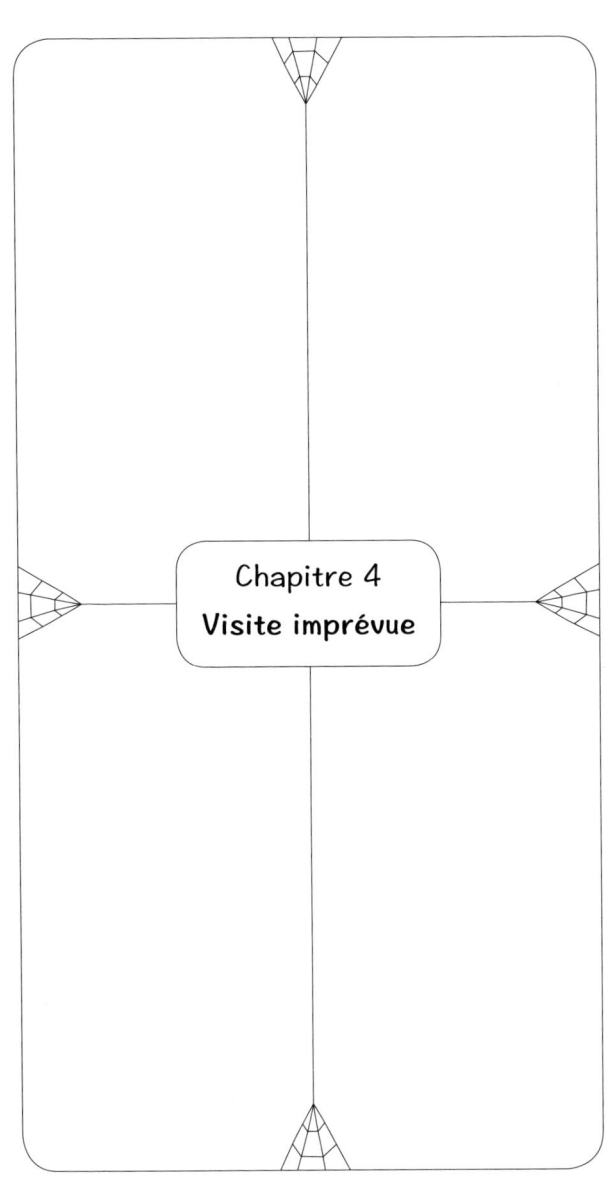

Chapitre 4
Visite imprévue

宁芙仙女们的警告吓到了我。

我一人独自在家，父亲还在染坊。我看着暮色在傍晚时分逐渐吞噬房间，担心雅典娜的身影会像变戏法一样突然出现。可我最终平复了心境，我只不过是一个普通的凡人女子，住在一座小城里，远离雅典和斯巴达这些希腊大城市，我只不过在享受创作，仅此而已。

奥林匹斯山的女神怎么可能知道我的存在呢？即便知道了，我对她来说也不过是一只爬在她鞋上的蚂蚁而已。世上有那么多人，她怎么可能监视我们所有人呢？

更何况，她显然有更重要的事情要做。

我不织布时就去街上散步，听人交谈，我喜欢听夜话故事。就这样，我听说雅典娜帮助阿耳戈英雄建造一艘巨大的船，为的是寻找一块神奇的羊皮；还听说她惩罚了一个可怜的姑娘，名叫美杜莎，谁让她不幸引起了波塞冬的注意……可为什么雅典娜没有直接教训这个粗俗的海神呢？也许是因为他太强大了。有些故事让我脊背发凉，另一些则让我发笑。

一天晚上，父亲对一群朋友说起："你们知道吗,宙斯曾经想诱惑泰坦之女阿斯忒里亚?"

"不知道……"

"他变成了一只鹰……"

"他成功了吗?"

"没有!为了躲开他,阿斯忒里亚变成了一只鹌鹑。"

"那样就行了?"

"实际上,他比她飞得更快……"

"接下来呢?"

"她跳进爱琴海,变成了一座小岛。"

"可怜的姑娘!"

"宙斯虽然是众神之王,却并不总能得到他想要的,"父亲总结道,"而那不幸女子的下场很凄惨……"

我继续织布,日复一日。每天早上醒来时,我的脑海中都会出现一幅新的图样。我迫不及待地想让手指在垂直紧绷的纱线中穿梭,以便织出五彩缤纷的图案。我和父亲在城里,甚至在整个地区，都越来越有名气。经常有过路的旅行者走进他的染坊或者我织布的房间，也可以说是我的工作室。很少有人进去后空着手出来，一般手里都会拿着一块绛红色的布料或者呈现城市风貌、周围乡村景色、那些曾经来访的宁芙仙女倩影的挂毯……

一天，正值中午，一位眼睛炯炯有神的老妇人出现在房子门口。已经是秋日里了，太阳却突然间变得异常刺眼。我正寻思着是怎么回事，太阳却消失在云层后面。我还以为刚才自己眼花了。

那位老妇人静静地站在那里，一言不发，仿佛她在等待我做什么。是我没有表现得足够热情吗？

我停下手中的工作，微笑着走向她："向您问好。您在找什么东西，或是什么人？"

"我在找一个名叫阿拉克涅的女孩。"她回答道。

她看起来没有恶意，不过……不过，我感觉

到了空气中有一种紧张感,仿佛在颤动。我仔细端详她:她脸上布满皱纹,白发如瀑布般垂落在肩上,穿着朴素的深色衣裳,手中拄着一根拐杖。总之,没有任何特别之处。她可能是我的祖母。

最终,我回答说:"我就是。"

她用目光打量了一下房间,仔细查看了我在大型织布机上正进行的活计。

她又一次用那清澈的目光投向我,说道:"你知道吗,你的名气已经传遍了整个希腊。"

我大吃一惊。这怎么可能?希腊如此广阔,而我居住的地区与那些大城市隔着茫茫大海!

"真的吗?"

是父亲的那位有钱顾客到处为我说好话吗?兴许他派人用船运送了几块我织的挂毯,还是宁芙仙女们向奥林匹斯山众神提起了我?这就无从知晓了,千山万水也挡不住口耳相传。

老妇人没等我邀请,就走了过来。她仔细查看我尚未完成的织品,随后展开那些已经完成的挂毯——我把它们小心放在墙边,以避免沾染灰尘。她自行其是,就当我不存在一样,让我有些不快。她把我的织品一一打开,她看得越多,肩膀就绷得越紧。也许她想买一件，却担心价格太高。如果是这样，一切都好商量，我很高兴自己的作品会得到识货人士的欣赏。

可她始终一言不发，于是我鼓起勇气先开口了："您想买点什么吗？"

她看着我，仿佛被我从深思熟虑中拉回到现实，回答说："我看到伟大的女神雅典娜把这个天赋赐予你，小姑娘，你感谢过她吗？给她献过祭吗？去她的神庙叩拜过吗？"

什么奇谈怪论！这位访客居然在教训我，真是莫名其妙。我热爱自己的工作，可似乎每个人都希望我一无所长。

我生气地反驳道："雅典娜？我从未见过她。我的父亲带我去看河流颜色的那天，她并不在场；当我试图勾勒城市风貌时，我没有遇到过她；她也从未出现在我梦中。或许你该把这些教训人的话说给自己的女儿听？"

"你好大胆子！"

她突然提高了嗓门。

可我被愤怒冲昏了头脑："每个人都把我看作雅典娜的弟子，我真是受够了。我的一切都归功于自己的坚持努力，同那位端坐在奥林匹斯山上的女神无关。你身上的一切都已经老了！一切！无论是外貌还是思想。你无法理解年轻人的一片热忱，回自己家去吧。"

"你胆敢对我口出狂言！"

老妇人一下子挺直了身子，她周围的空气开始噼啪作响。

我怕。

我冷。

第五章
雅典娜

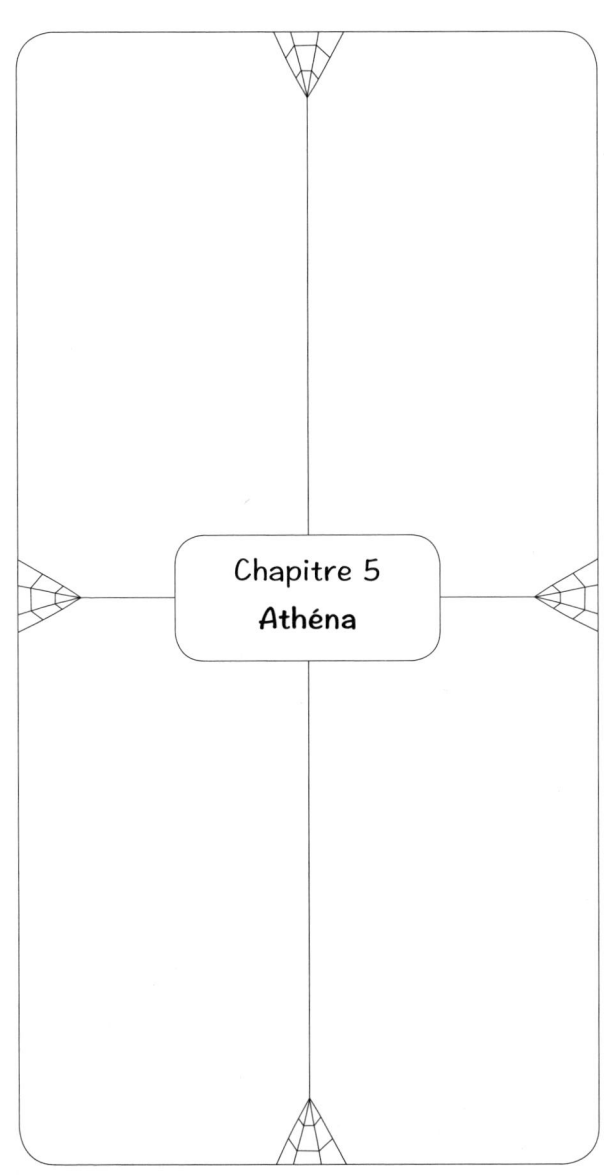

Chapitre 5
Athéna

老妇人挺直了身子，不再弓着背。她现在的姿态就像一个骄傲的年轻女子，她的整个身躯似乎与周围的空气一起舞蹈。她原本像冬季苹果一样皱皱巴巴的面孔转眼光滑如缎，颧骨高高凸起，头发从白色变成了光亮的棕色。

我看着她，目瞪口呆。

她还没变完呢！只见她的身形不断变大、变大，很快就占据了地板和天花板之间的全部空间。她的举止老态全无，湖蓝色的眼睛闪烁着光芒。

她不算美，可全身都充满了自傲。

她破旧的衣衫一件件掉落，露出一条极精细的亚麻裙子。我突然注意到她现在戴着一顶头盔，右手拿着一支长矛，取代了原本的拐杖。

她静静地看着我，嘴角挂着一丝冷笑。

"怎么？"

"您是……"

"我是个老太婆，唠叨不休，不懂得你的一腔热忱？你刚才好像说过类似的话。"

"您是女神雅典娜。"

"没错。"

我一会儿感到热,一会儿感到冷,脸颊滚烫,浑身颤抖。我一下子慌了手脚。慌了手脚?可为什么?我没有做错什么。我只是生有所长,而且有足够的想法来一展所长。我没有什么可自责的,没什么可害怕的。我也挺直了身子,站在那里,当然比女神矮小得多。压在我胸口的恐惧完全消散了。

我壮着胆子抬起头来看着面前的女神,小心翼翼地低声说:

"奥林匹斯众神在上,我向你问好,雅典娜女神。"

"只是这样吗?"

"你要我怎么样?"

她闭上眼睛,没有回答我,而是低声说出了下面的话:"特摩罗斯山和帕克托卢斯河的宁芙仙女们,来到我身边吧!"

一时什么都没有发生。

接着,我听到了一阵空气摩擦的声音,那些很久以前曾登门拜访的姑娘再次出现在房间里,那些拥有微风和河水般嗓音的姑娘。

雅典娜正色对她们说道:"你们警告过她了吗,就像你们说的那样?"

"是的,工匠的守护神,人类创造者的良师益友!"

"那就把你们的话再对她说一遍。"

流水般潺潺的嗓音在我耳边流淌,急迫地说道:"阿拉克涅,我们再次告诉你,是雅典娜赐予你天赋,她启发了你,你要感恩她送你这份厚礼,这是她对你的要求。"

"别再骄傲了,姑娘。"

"听我们的!"

我不知道该怎么想。要是雅典娜在我不知不觉中给了我指导,帮助我进步呢?要是宁芙仙女们说的是对的呢?但是我感到她们的恳求中带着一丝恐惧。她们在为我担心,这让我感动。可我就得为此妥协吗?

我鼓起勇气,小声问道:"那雅典娜,你是如何教会我手艺的?"

"我想怎么教就怎么教!你这个不知感恩的家伙,你管我是在你母亲肚子里还是在你梦中。"

"绝对不是在我母亲的肚子里。我为了改进

自己的织布技巧付出了艰苦的努力。我尊敬你，女神，但我什么都不欠你的。"

空气里再次噼啪作响，宁芙仙女们已经消失了。

在织布工坊里，就只剩下一个可怕的神祇和一个害怕又坚决的姑娘，那就是我。

雅典娜生气了："你打算如何证明你所说的，阿拉克涅？"

"我必须向你证明吗？好吧……"

我在思考，这是一个复杂的问题。

突然，我知道了。我的想法是大胆的，甚至可能有些挑衅，但我想试一试。

我大声说道："我们来举行一场织布比赛！一场没有魔法的比赛。每个人都依靠自己的手指、毛线、织布机和技巧。"

她用深不可测的眼神蔑视地看着我，然后缓缓点头表示同意。

我到底做了什么？

我惹毛了雅典娜。

现在，我必须证明自己是最好的。

比一个女神还要出色，这可能吗？

第六章
与女神的较量

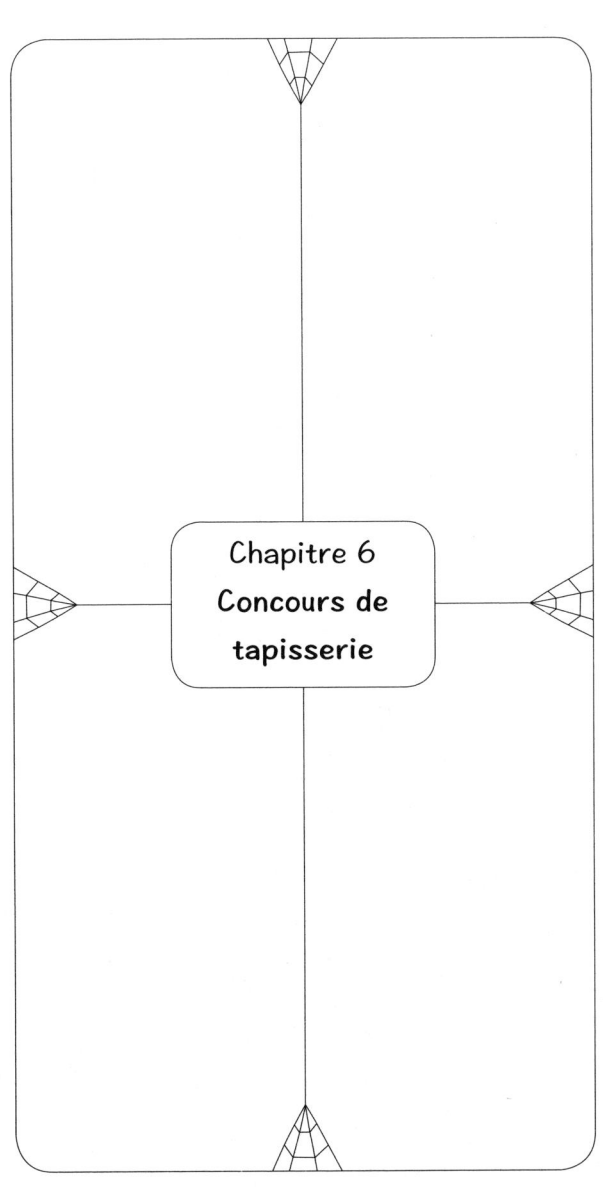

Chapitre 6
Concours de tapisserie

雅典娜朝着房间里的两台织布机中的一台走去。她调整了机器的位置，让我几乎看不到她接下来要做什么。啊，她想玩这套把戏！既然如此，我也不能让她看到我的作品。她动用超能力，一抬手就把机器变了位置，而我则需要更多的时间和努力：这些木疙瘩非常重！我拼尽全力，也只把我的机器稍微挪动了一点。这样就行了吧？

我俩现在都处于半侧身的状态，可以观察彼此的一举一动，却看不到对方在织什么图案。

"你准备好了吗？"雅典娜讥讽地问道。

我深吸一口气，用尽可能坚定的声音回答："我准备好了！"

"那么，我们就开始吧！"

雅典娜全身散发出一道微弱的金光。我看到她脚下出现了明亮的银线，还有其他颜色，就像黎明的第一道曙光一样柔和。她在作弊！不过没关系，尽管我只能使用黄色、红褐色，当然还有绛红色，那些我们希腊人所熟知的颜色，可我依然会是最棒的。通过不断尝试，我改进了一些色调：我甚至还有绿色，这可是相当罕见的……这还不赖，比我认识的所有工匠都要好。我再次朝雅典娜看过去：在她的操作下，纺锤在经线中左右穿梭。她知道她想要什么图案，她知道她要创造什么效果，我感觉得到。

问题迎面而来：我不知道该表现什么主题。让我想想……许派帕街头的日常风貌？夕阳下的小门德雷斯河？父亲染布的场景？我看着雅典娜专注地操作着织布机，她的嘴角挂着一丝傲慢的微笑。我心中不禁涌起一阵恐慌，我的脑子一片空白……我没什么可以表现的……

我摇了摇头：阿拉克涅，醒醒吧！施展你的手艺！我深吸一口气，慢慢呼气，卡在我心头的焦虑消失了。深呼吸，再次深呼吸。我冷静下来了，重新开始寻找灵感。我想到了绘制在陶器上的场景、听到的故事、那些讲述神祇功绩的故事……诸神的故事！这不就是丰富的素材吗！但是一想到要描绘他们端坐在奥林匹斯山上，比我们普通人高出一等，我就感到愤怒。我想展示自己熟练的织布技巧，还有我的幽默感，我自由的精神，我独特的视角。

终于，我想清楚了自己想要表现的内容。

我仔细挑选颜色。

我闭上眼睛，在脑海中构思画面。这就是了，我有了主意。我的念头让我感到非常开心，自己都哑然失笑。我听到背后有人议论："她疯了""这对一个普通凡人来说太有压力了""她活该"……我们还有观众？比赛的消息已经传开了吗？说不定有人在雅典娜进来时就认出了她，尽管她那时其貌不扬。

无所谓了，现在轮到我出手加入这场角逐了。我不能拖延，雅典娜已经领先了。好在我们的比赛并不考查速度，而是注重质量。

房间里显然不只有我和雅典娜，还有一些人在观战，有男有女，和我们保持一定的距离。我感觉得到他们的存在，有些人在两架织布机之间来回走动。大多数人都在观看雅典娜女神在做什么。

我抬头扫了一眼，在雅典娜的粉丝中认出了莉薇娅。她面带微笑，对我看都不看一眼。她已经选好了自己的阵营，站在强者的一边。

我愉快地宣布:"我将向女神展示一个凡人的本事。"

一个声音在人群中响起:"你要织什么场景?"

"请耐心等待,你们很快就会看到的。"

一些人换了位置,过来看我织布。

其他人仍然站在雅典娜身后,惊叹不已:"你看到了吗?"

"这些颜色是如此鲜艳!"

"还有那场面……"

"所有这些都太美了!"

美在哪里?雅典娜在织什么图案?我闭上眼睛,专注于自己的作品。我重新找回了信心,我不想被他人左右。无论另一台织布机上发生了什么,我都会全力以赴。当然,比赛是一方面,但更重要的是为了愉悦。只有当我在这里心生愉悦,只有当我和我的五彩纱线在一起时,我才能真正织出好作品。

谁会赢?

我们拭目以待!

此时此刻,我觉得自己有机会获胜。

第七章
恐怖的阴影

Chapitre 7
Une ombre qui s'appelle la peur

我的工作进展顺利。我拿起金线,让眼睛看起来炯炯有神,鞋子熠熠生辉……我的纺锤迅速地穿越纬线。每完成一行,我就紧紧地向上拉,然后从另一个方向重新开始。

在一条艳丽的绛红色和金色花纹下,我编织出常春藤和花朵,人物初具雏形。这里有一只公牛角,远处是天鹅的雪白翅膀……纱线在我的手中沙沙作响,我清楚地知道自己要表现什么内容,我也明白其中缘由:神祇是比人类更强大,但他们也不是什么品行端正的好榜样,他们狡猾、奸诈、有时暴虐、嫉妒心强……更何况,要不是因为嫉妒我的才华,雅典娜会出现在这里吗?很多人在私下里流传着可怕的故事,故事里的神祇并不是什么善类,可只有少数人敢公开批评,他们担心会因此而遭受不公平的责罚。

透过窗子,我看到太阳升起,又缓缓西垂。我的胳膊又酸又痛,可我的大脑兴奋异常,我的心似乎要乐开了花,我从未像现在这样快乐地织布。

大功告成。

我完成了。

我后退一步,仔细审视效果,撞到了一群站在后面欣赏我作品的人。现在几乎所有人都离我很近,一声不吭,目瞪口呆。就连莉薇娅也在其中,她向我投来一个眼神,我能从中读出敬佩。她朝我微微一笑!我有多开心啊!而雅典娜那边几乎只剩下她自己了。我看到她那湖蓝色的眼睛里迸发出火光。

我的作品比我想象得还要好。

那头白牛栩栩如生,肌肉在毛皮下线条分明。它绑架了欧罗巴,那美女朝着围观的人群投来绝望的眼神。大海在他们身后闪闪发光,这头公牛是宙斯变的,为的是欺骗公主上当!

在场的观众和我一样对神祇故事耳熟能详,开始笑了起来。我伸长耳朵听他们窃窃私语——可不能惹毛了雅典娜!

"只要是宙斯看上的,无论是凡间女子,还是天上神祇,他都不放过!"

"阿拉克涅有天赋!嘿,看这里!这也是宙斯,他化成天鹅,在勾引莱达……"

"还有这里,他假扮成勇士安菲特律翁,接

近人家的妻子阿尔克墨涅！"

"这里也一样！宙斯化成金雨接近关在塔里的达娜厄……呃，我知道所有这些风流韵事。宙斯在其中的表现可不怎么样！"

人们议论纷纷，每个人都在找寻新的场景，看着神祇彼此捉弄的笑话，或是啧啧赞叹，或是感到震惊。这太不公平了！

"不仅是宙斯，瞧……那头勾引美人墨兰托的海豚，正是波塞冬本人。"

"还有这位年轻的牧羊人，模样活灵活现，仿佛要动起来了，他的真名是阿波罗。他竟然引诱了莱斯博斯岛的无辜少女伊萨。"

笑声和评论声越来越响。我感到不安：雅典娜就在房间内，这些人应该更加收敛才对！不过说到底，他们能有什么风险呢？是我描绘出了诸神的种种劣迹，是我在谴责他们。这一回，该是我惧怕女神才对。让我瞧瞧她为了赢得比赛创造了什么作品？

我走了几步，看了看她的作品。

很美。

很冷。

雅典娜展示的是奥林匹斯山的十二位神祇正庄严肃穆地端坐在宝座上。每位神祇都带着他们各自神庙雕像上的标志：宙斯握着闪电，波塞冬手持三叉戟，得墨忒耳拿一捆麦穗……至于雅典娜自己，这位女神将自己描绘成头戴头盔、手持盾牌的样子。她用长矛敲击大地，大地上就冒出了一棵美丽的橄榄树。我想起来了：她就是依靠这个赢得了雅典城守护女神的头衔。在那场较量中，波塞冬为雅典城的居民们提供了一汪咸水，根本无法饮用。

雅典娜看着我。

我必须赶紧恭维一番，情况紧急！

我有些不情愿地说："雅典娜，你的作品很美。"

嗯，我知道这样说并不够。

女神站起身，穿过仍在评论我织品的一小撮人群。

我一直在等待这一刻，但当这一刻到来时，我却害怕了。

一阵死寂。

就像观众们之前所做的那样，雅典娜仔细端详每个场景。但和众人不同的是，她并没有笑。每过去一秒,她的脸就越阴沉。我看得出她很生气。

我如鲠在喉,焦虑得几乎无法呼吸。

虽然我不是这位神祇的弟子,但我是否应该冒充一下?

我是否应该创造一些不那么挑衅的场景来让她获胜?我是否应该韬光养晦,蒙混过去,摆出一副平庸的样子?

我的织品不仅嘲笑了神祇,而且比她的更美丽,更有生命力。雅典娜肯定意识到了这一点,她硕大的的身躯僵在那里。

她嘴唇微动,冷冰冰地说:"你不相信我们的权威,我们拥有不死之身。"

"呃……不总是……我……"

"你自以为能和我媲美。"

"我只是……"

"闭嘴。"

我不说话了。

周围无声无息。雅典娜为这地方投下了一片阴影,一片名叫恐惧的阴影。

一个观众匆匆离开,紧接着是第二个,第三个……很快,房间里就又只剩我们两个了,我和雅典娜。

就算我想办法逃走,她也能找到我,所以逃跑是没用的。

我能怎么办呢?

该后悔说出真相吗?该后悔没做个懦夫吗?

绝不!

第八章
天旋地转

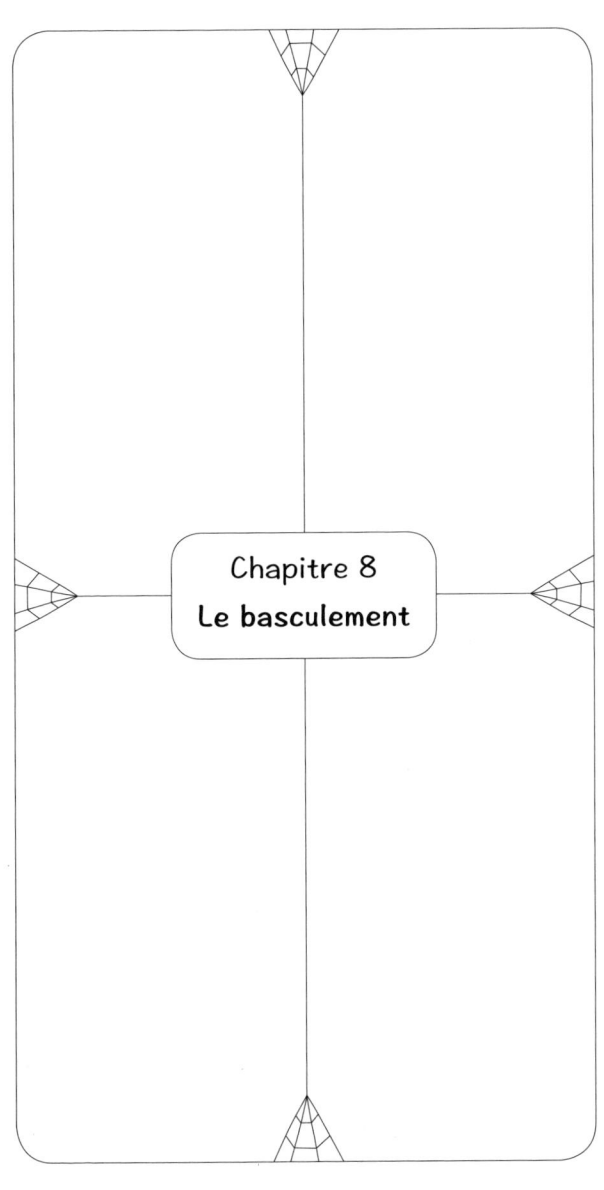

Chapitre 8
Le basculement

雅典娜的目光里透着轻蔑，散发出彻骨凉意，我感到从头到脚都被冻住了。

随后，她说道："他们笑了。"

我装出一副无辜的样子，结结巴巴地问道："谁笑了？"

"那些看过我们作品的凡人。你胆敢取笑奥林匹斯山众神，这让他们发笑。"

"要是你见不得他们寻开心，那就惩罚他们！"

"你还在耍小聪明，是你把他们逗笑了，你才是罪魁祸首。"

"等一下……是宙斯变成了公牛和天鹅来迷惑女人，是吧？"

"是的，可是……"

"是波塞冬变成了海豚，不是吗？"

"够了！你有什么资格来对神祇的行为评头论足？"

"那么，他们欺骗那些女子又算什么？人家明明不愿意。难道你们不应该是无可指摘的吗？"

一阵剧痛穿过我的脑壳，雅典娜刚刚狠狠地扇了我一巴掌。

我看着她,她的眼睛里正在释放闪电,她又狠狠地扇了我两下。

接着,她冲向我的作品,一双强有力的大手将它撕成碎片。一瞬间,只剩下了一些彩色的碎片和断裂的纱线。

我叫喊了起来:"我做得比你好!我的作品更逼真,更有表现力。而你受不了我比你强。"

我笑了起来。这个一本正经的女神,像一个输不起的坏孩子一样被惹恼了,太滑稽了。

我突然收起笑声,也许我刚刚犯了一个致命的错误。

我嘲笑的那个神非常自负,一心要当第一。无论何时何地,都是如此。

她用一种冷静的语气对我说话,令我愈加胆寒:"你喜欢织布,是吧……"

"是的……这就是我的生命!"

"你说得没错,姑娘。从今往后,纺纱织布将成为你生命的核心。"

她手中出现了一把蓝色的草,我从未见过这样的东西。我试图逃跑,可雅典娜比我更迅捷,她把这些草朝我扔了过来。

一时间，一切都停滞了。

整个世界天旋地转。

我的脑壳痛得厉害！我伸手摸了一下，拿到眼前一看，手里是一大把头发。

怎么回事？我的头发纷纷脱落，掉在地上。我的嘴唇和鼻子正在灼烧。我一摸，发现两个部位变平了。就连我的手，我也认不出来了：它们正在变黑、变细。我的胳膊上突然长满了毛。我意识到，在发生这些变化的同时，我的身躯也在缩小。

我明白了：这种蓝色的草是一剂毒药。

雅典娜严肃地、好奇地看着我。

我已经看不清她的模样，我们所在的房间也不再清晰。我看到一团团阴影和一团团光亮，四周的颜色和形状已经模糊不清。但我能感知到每一次震动，每一次呼吸，仿佛这些声音被山谷回音放大了一样。

我低头寻思到底是怎么回事……

可我的脚呢？

我的两条腿和两只脚不见了！

取而代之的是八条毛茸茸的黑腿。我倒

向前去，在这八个支点上站得稳稳当当。我的肚子底下好像长了什么东西，不知道是什么。

那个令我厌恶的声音回响着："你已经变了样子，阿拉克涅。我从你的人形里创造出一种动物。你将世世代代地像……就叫它'蜘蛛'吧，以这个样子活着。啊，你想知道自己身子底下是什么吗？那是一根坚韧无色的细线。你将一辈子用它来编织，如你所愿。哦对了，你只能织出网来，捉昆虫吃。你再也没办法取笑神祇了！"

这个可怕的女神笑了起来。

她继续说道："我猜许多人会觉得你丑，谁让你长着那么多条腿……"

我无法回答她的话，我已经失去了声音。

也就是说，我将继续受人白眼。

我不会有孩子，没法传授我的织布手艺。

我再也无法拥抱我亲爱的父亲，也无法与莉薇娅和解……

我再也看不到彩色的纱线。

我展示出自己的才能，却因此受到了惩罚。

我跑到角落里躲藏：我害怕女神会一脚

踩死我，但她再也没有对我做出任何举动。她突然消失了，她可能已经返回奥林匹斯山了。而我，却失去了方向，惊慌失措。我赢得了比赛，可我的生活却被彻底改变了。我可以继续纺织，为人类捕捉蚊虫和苍蝇。我想我会派上用场的，但我不再是阿拉克涅。

我躲进了地上一个之前从未见过的小洞里。在蜘蛛的眼中，阴影和光线之间的反差愈加明显，可色彩却是黯淡的。我能感受到有人在房间里走动时产生的震动。也许是父亲？他在找我吗？父亲！我在这里！我这就来吃晚饭！不，这只是一个幻觉。问题来了……我该怎么吃东西？这个念头一冒出来，就有一根细线从我的腹部喷发而出。我从小洞里钻了出来，沿着墙壁爬到一个阴暗的角落，将这根坚韧的细线的一端粘在那里，开始制造我的第一张蜘蛛网。细巧、规则、有效，适合用来捕捉猎物。

可我从没想过吃苍蝇。

编织这些怪东西。

离开我亲爱的家人。

这不公平。

这不公平。

这不公平。

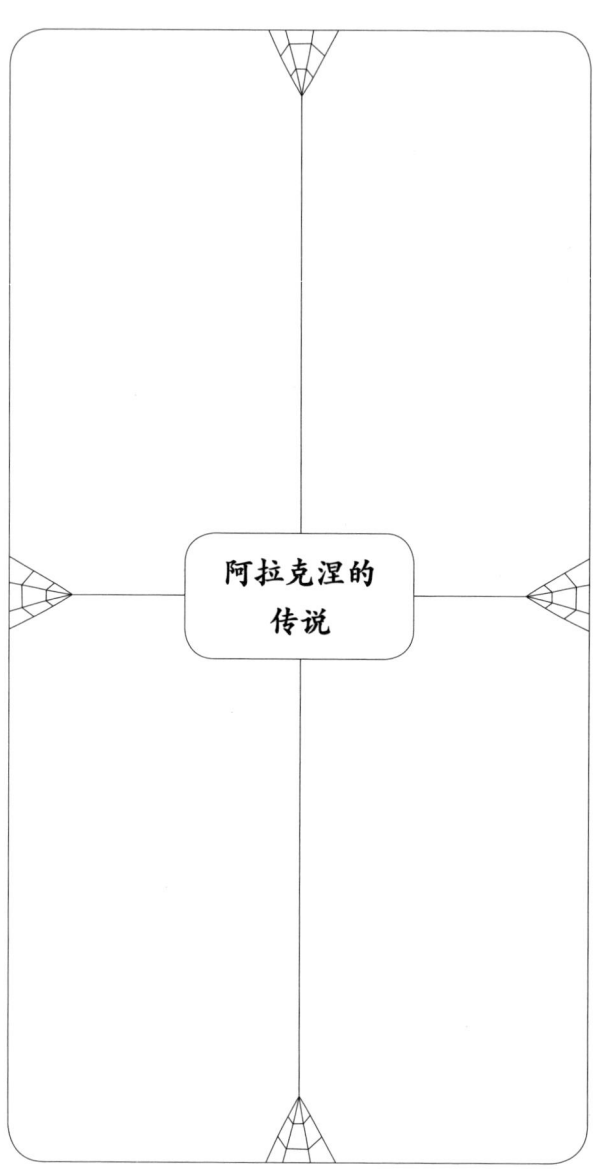

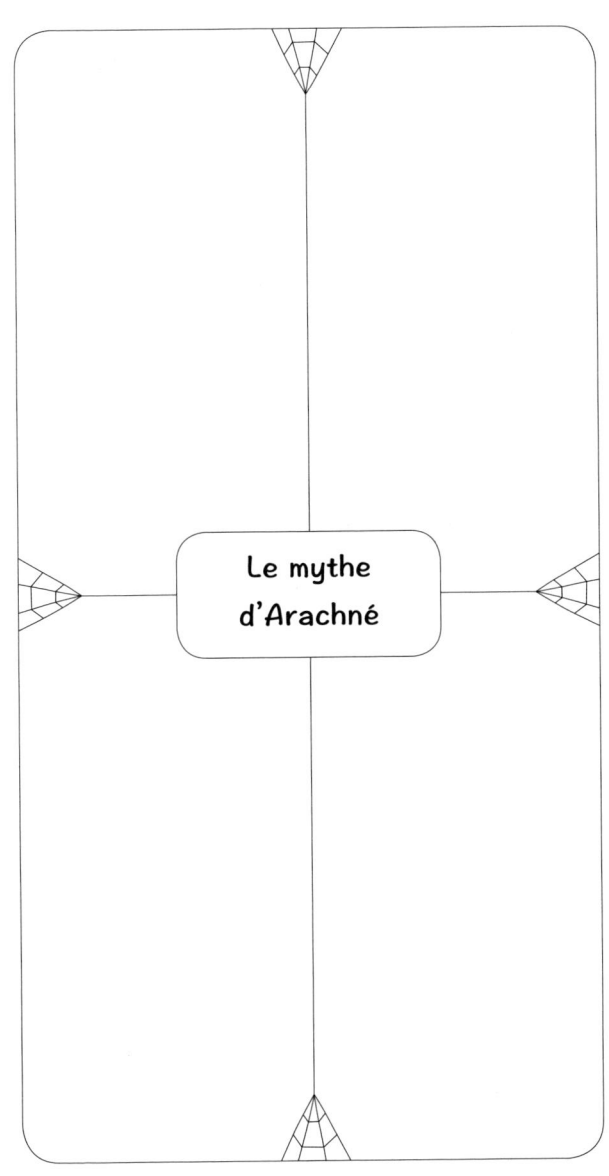

阿拉克涅通常被看作目中无人的骄傲姑娘。既然您已经走入她的世界,也许您想知道阿拉克涅的传说是怎么来的,想要深入了解一下她的故事。

什么是希腊神话?

神话讲述的是非凡人物的事迹。这些人物并非童话中的英雄,而是整个民族曾经信奉的男女诸神:他们属于宗教的一部分。

在2000多年前的古希腊,曾经有过供奉宙斯、赫拉、雅典娜、阿波罗的神庙……也曾有过祭祀这些神灵的神职人员,以及向他们致敬的神圣运动会,比如著名的奥林匹克运动会就是献给宙斯的。

古希腊的手工业

手工业在古希腊的经济中占有重要地位,与农业并驾齐驱。每件工艺品都是独一无二的,即使它们可能和同一座工坊里的其他产品非常相似。尽管一些画家和陶工在作品上留下了自己的名字,可大部分工匠往往是籍籍无名的。在那个时代,还不存在艺术品乃至艺术家的概念。女的纺纱织布,为家人缝制衣物(尤其是羊毛或亚麻制成的长方形布料);男的做陶工,用黏土制作坛子、花瓶等。有的则是织工,还有一些人负责裁制凉鞋、锻造金属武器……

© Picasa Review Bot – 迭戈·委拉斯开兹的《纺织女工》,约1657年,西班牙马德里普拉多博物馆藏。

谁是阿拉克涅?

阿拉克涅是个年轻姑娘,住在小亚细亚吕底亚的许派帕小城。她的父亲是工匠伊德蒙,出生于科洛封。伊德蒙擅长将羊毛染成绛红色,他的手艺远近闻名。这种颜色非常受欢迎,由贝壳研磨而成。在有些文献记载里,阿拉克涅还有个兄弟名叫方腊克斯。

古地中海地区地图

阿拉克涅是个凡间女子，并没有确凿的证据证明她曾真实存在过，她是神话传说中的一个元素，用来说明凡人不应该违抗神的意愿。

© Sofija - 《正在织布的阿拉克涅》，薄伽丘的《列女传》，15—16世纪，法国国家图书馆藏。

后世把她说成是个骄傲的姑娘，拒绝承认自己曾受到雅典娜的教导。不过神话中并没有提到雅典娜是否真的教导过她。阿拉克涅自己学会了织布技巧，这样的真相可能不宜宣扬。

谁是雅典娜？

雅典娜是奥林匹斯山诸神之一。她是宙斯和智慧女神墨提斯的女儿。宙斯的祖母大地女神盖亚告诉她的孙子：他们夫妇将会有个女儿(也就是雅典娜)，可如果墨提斯以后生下一个儿子，那么这个儿子将取代他父亲的位置。

© Pharos — 拉斐尔于1520至1527年间创作的雅典娜版画,纽约大都会艺术博物馆藏。

宙斯自己曾取代他的父亲克洛诺斯成为众神之王,因此他不愿冒这个风险。于是,他耍了个小聪明:他向墨提斯提议举行变形比赛。墨提斯并没有察觉到陷阱,她变成一滴水时,被宙斯一口吞下。雅典娜在宙斯身体中长大,令父亲头痛欲裂。宙斯请求锻造之神赫菲斯托斯劈开自己的头颅。雅典娜就这么从宙斯的脑袋里跳了出来,她一出生就是成年人,戴着头盔,手拿武器,发出战斗的呐喊。

雅典娜和芸芸众生

雅典娜成为智慧与战争女神,保护芸芸众生,传授他们技艺。不过,无论在哪个领域,她都不甘人后,争做第一。比如,为了成为雅典城的守护神,她不惜对抗波塞冬。她听说阿拉克涅的好手艺,就把这姑娘的才华视为对自己的侮辱。在您刚刚读过的故事中,没有女性之间的团结互助:阿拉克涅不愿甘拜下风,雅典娜在虚荣心的驱使下,和阿拉克涅一较高下。雅典娜输掉了比赛,就出手

54. Arachne in araneam a Pallade conuertitur.

©Fæ-《雅典娜将阿拉克涅变成蜘蛛》，奥维德《变形记》系列，由安东尼奥·坦佩斯塔制作的版画，1606年出版。

惩罚了那个比自己更胜一筹的人类，把她变成了蜘蛛，剥夺了她作为凡间女子过太平日子的资格。

这个神话故事的教益

古希腊人谴责自大的言行，也就是没有分寸感。在他们看来，这种激烈的心理状态源于过度没节制,尤其是心高气傲。

甚至希腊神话中有一个神就叫"骄横女神许布里斯"。骄傲自大意味着不安守本分。一旦人类敢于和神祇叫板,错得越多,惩罚就越重。

因此,阿拉克涅犯下的错误可能是因为她不懂得安守凡人的本分,拒绝承认雅典娜高人一等。女神将这姑娘变成了爬行动物,惩罚她胆敢逾越人和神的界限。这种惩罚涉及因果报应:神祇一旦复仇,罪人就会被打回原形,甚至要面临更悲惨的命运。

根据这种道德观,每个人为了保护自己,都必须尊重比自己更强大的人。

然而,这是不公平的。阿拉克涅并没有做错任何事,她只是生来就擅长织布罢了。

为什么让阿拉克涅在本书中开口说话?

女神雅典娜把阿拉克涅变成了蜘蛛,可阿拉克涅的故事却总是以雅典娜的角度来讲述。正如我们所见，这位姑娘通常被描述为骄傲自大、目中无人，拒绝承认女神比她更有才华。可这个神话故事并不合乎逻辑，因为雅典娜将她变成蜘蛛的实际原因是出于嫉妒。

很少有人关注到阿拉克涅悲剧的真正原因。在这里，我想要讲述她的故事，来个大反转。实际上，这更像是一个受害者的故事。神话传说的版本不同，故事的侧重点就不同：有的说她拒绝谎称是雅典娜教会她手艺而遭到惩罚，有的说因为她比雅典娜更有才华，还有的说她胆敢嘲笑神祇。雅典娜女神介于男性和女性之间：她是个女性，却像战士一样持有武器，正是她的暴虐导致了阿拉克涅的悲剧。这无疑是希腊神话乃至整个希腊文明的阴暗面，这或多或少反映了其价值观。

文献出处

这个神话故事在古希腊文献中的出处并不容易找到。在科洛封的说教诗人尼坎德的《治病论》中的一则注释中只有一小段记载。根据这个所谓的"雅典式"版本,阿拉克涅和她的兄弟方腊克斯都曾经在雅典娜那里学艺,她学习织布,方腊克斯则研习行军布阵。二人后来犯下乱伦罪,雅典娜就将他们变成蜘蛛作为惩戒。

在维吉尔的《农事诗》(第四章第246首)中,有一个非常短的段落提到:"密涅瓦(雅典娜在罗马神话中的名字)憎恨蜘蛛。"除此以外,并没有进一步的说明。

古罗马诗人奥维德在《变形记》(第六卷第5至第145行)中提供了一个相对完整且更加广为人知的版本。在这个版本里,没有提到方腊克斯,也没有提到雅典娜的教导。

后世演绎

如上所述，古希腊神话在罗马帝国时期有了书面记载。自古以来，它一直激发着诸多艺术家的创作灵感，其中包括：

• 一幅出自奥维德文本的泥金彩绘插图(14世纪)，描绘了阿拉克涅和假扮成老妇人的雅典娜，两者都站在织布机后面；另一幅插图来自同一世纪，画面上阿拉克涅正在变身，既有女性的胸部，又长出了蜘蛛的腿。

• 一幅由薄伽丘制作的泥金彩绘插图(15世纪)，描绘了阿拉克涅正在编织一些看起来像蜘蛛网的东西。

• 迭戈·委拉斯开兹于1657年创作的画作《纺织女工》。在这幅画中，神话传说更像是为了某个日常生活场景服务的。

- 勒内-安托万·乌斯1706年创作的画作《密涅瓦和阿拉克涅》,描绘了女神追赶织布姑娘并准备攻击她的情景。

© Trzęsacz－《密涅瓦和阿拉克涅》,勒内-安托万·乌斯1706年创作,法国国立凡尔赛宫和特里亚农宫博物馆藏。

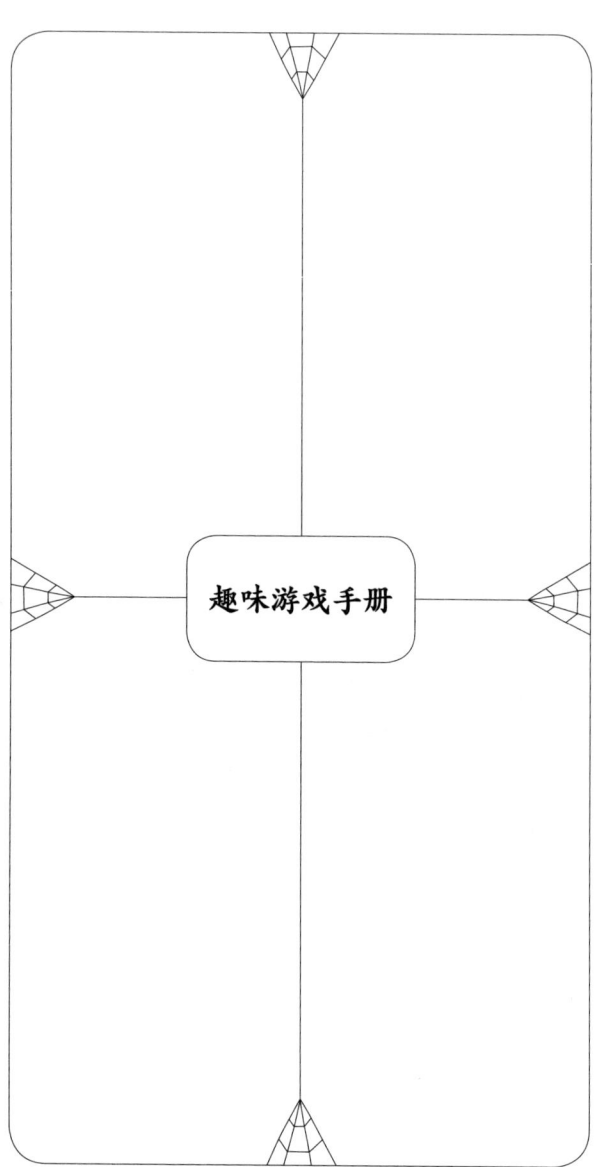
趣味游戏手册

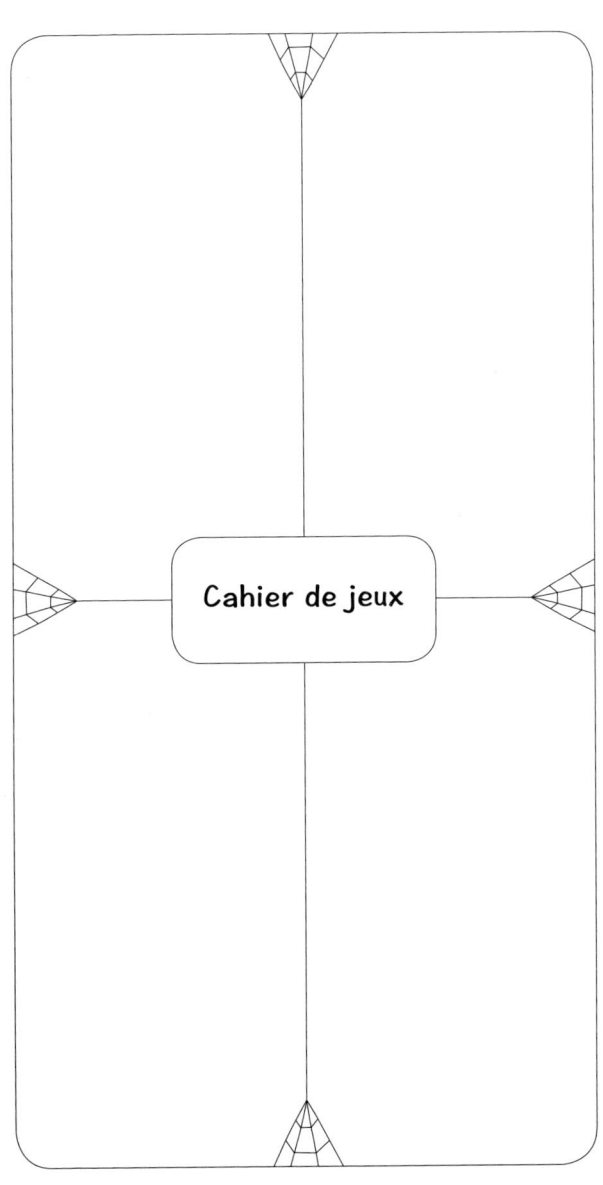

问答题

1. 阿拉克涅的朋友莉薇娅的母亲叫什么名字?

___

2. 阿拉克涅和她家人住在哪里?

___

3. 谁警告阿拉克涅要提防雅典娜?

___

4. 雅典娜还惩罚过哪一个可怜的少女,仅仅是因为她不幸被波塞冬看上了?

___

5. 雅典娜在和阿拉克涅的织布比赛中编织了什么图案?

___

6. 故事最后阿拉克涅变成了什么?

___

填空题

*根据您刚读完的故事为这段文字填空。

提示:下划线的数量同缺失词语中的字数一致。

阿拉克涅是个年轻姑娘,她的父亲名叫＿＿＿＿。他们一直居住在吕底亚的＿＿＿＿＿。阿拉克涅和她朋友的母亲＿＿＿＿学习,发现自己具有织布的才能,赢得了名望,但也招来了嫉妒。有一天,来自＿＿＿＿＿＿＿和＿＿＿＿＿＿＿的宁芙仙女们来提醒她要提防＿＿＿＿。然而,独自努力工作的阿拉克涅拒绝把自己的天赋归功于工匠女神。在一场编织挂毯的比赛中,阿拉克涅更胜一等,女神决定将她变成＿＿＿,以惩罚她蔑视众神的行为。

对错题

*请指出下列说法是否正确。

---

1. 阿拉克涅生下来就是一只蜘蛛。

   对还是错?

2. 阿拉克涅和她朋友莉薇娅的母亲一起练习织布。

   对还是错?

3. 宙斯为引诱泰坦之女阿斯忒里亚,变成了一只老鹰。

   对还是错?

4. 故事一开始,阿拉克涅就失去了父亲。

   对还是错?

5. 在她最后的挂毯上,阿拉克涅描绘出被白牛绑架的欧罗巴公主的形象。

   对还是错?

6. 是阿拉克涅在生莉薇娅的气。

   对还是错?

连线题

*将每个角色的名字同你刚读到的故事中的话语相匹配。

伊德蒙	你不相信我们的权威,我们拥有不死之身。
雅典娜	你取得的进步令人吃惊,而且如此之快!我花了好多年的时间才让自己织出来的树看起来像……一棵树。
莉薇娅	我做得比你好!我的作品更逼真,更有表现力。而你受不了我比你强。
帮助阿拉克涅父亲染坊声名大噪的富翁	只有你才能这样忠实地还原我的染坊,里面的氛围……我不再需要亲自去那里了,只需看看你的作品就可以了。
阿拉克涅	假如有人问起你的才能是从哪来的,千万要说是雅典娜教的。
一位宁芙仙女	我说的是实话。你是这城里最棒的工匠。从今往后,我所有的朋友都会来购买你的杰作。

答案

问答题

1. 羊革菌。
2. 小麦和水是意大利的主食。
3. 是与一位工匠交往之后，阿基米德发现了承载体看浮在水中的木头的反冲力了，伏羊致此事实：物体浸入液体中会受到液体的浮力向上推动，因为推动一个容器里一个容纳物体体积的液体所用的力量正是物体自己的体积的浮力。
4. 美林蒂。
5. 给森德诺书中最后是民主的十二代地排在正画着神纸地都坐在宝座上。
6. 一只粉笔。

填空题

1. 母爱篇
2. 汁液的抑郁
3. 开足纸
4. 时候等发儿
5. 柄克宅兄P施克P
6. 错综杆
7. 物质核

判断题

1. 错。在我来的时候，他曾想把千年神，使得何从看见变成了一只粉笔，以使过你的来学对着我的喉叙笑。
2. 对。因为我们没有把那些神秘很那儿的好知道都当成。
3. 对。因为我没为了继承遗传那么多所领袖，所忘去都要的了苦难的一面我的。
4. 错。家里一手一桶，阿基米德发现的是排冰原理和了。
5. 对。阿基米德想出了种种的各种计仁，有效地据延着敌人的猛烈进攻。
6. 错。机器他出于继体中，无论是否在看成的农气候下，它都能出了功。

简答题

简答题：你不明将我们的妈妈，我们都有些么么为。

相答：你看什的是今人了悸怔，为且如论之样！我忘了接多有我的同为相比口都像我的怀想起来……

将相一样。

阿月是的；我被儒亮长我你起！我的在是也是上，在别家是之才，所你是于了我你他。
师保善，只将坦于把没做注把看的那的更好，只看对该困……
想着解了；只能有做的体处如不以了。
的那么可了了；看老对人同把坐那的了陪是以咽的，十才年我还是都看难捕的一是于来如去；情的何是无要从要父小着要有了好的家诊…，那孩的家话。在这最短可重捕捕了才，以为还会因为还所有的妈妈是与被爸的家性。

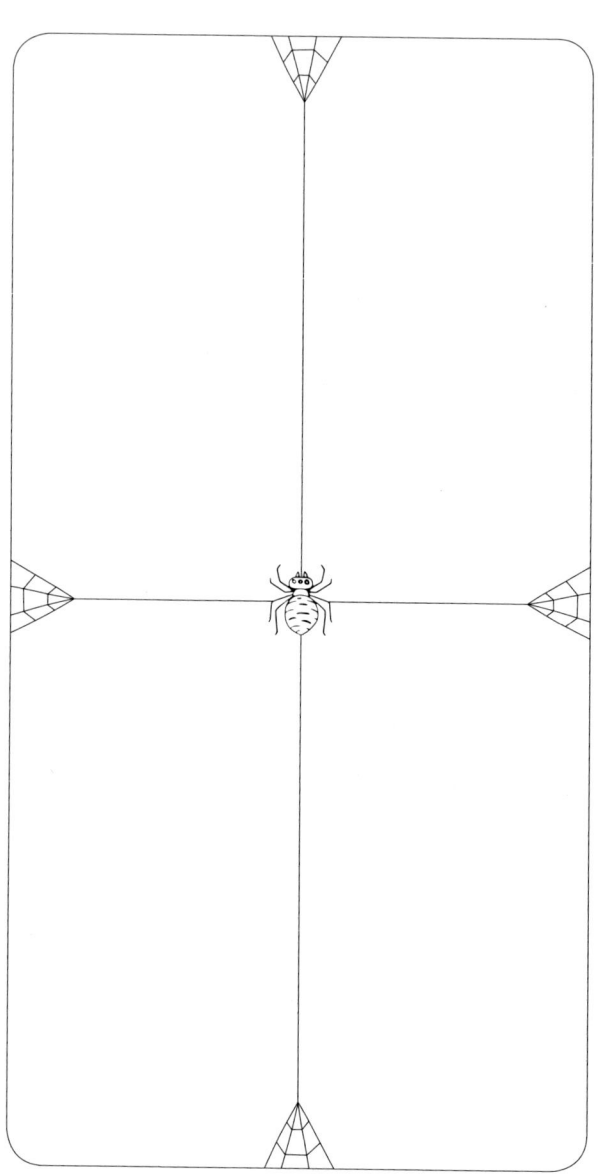

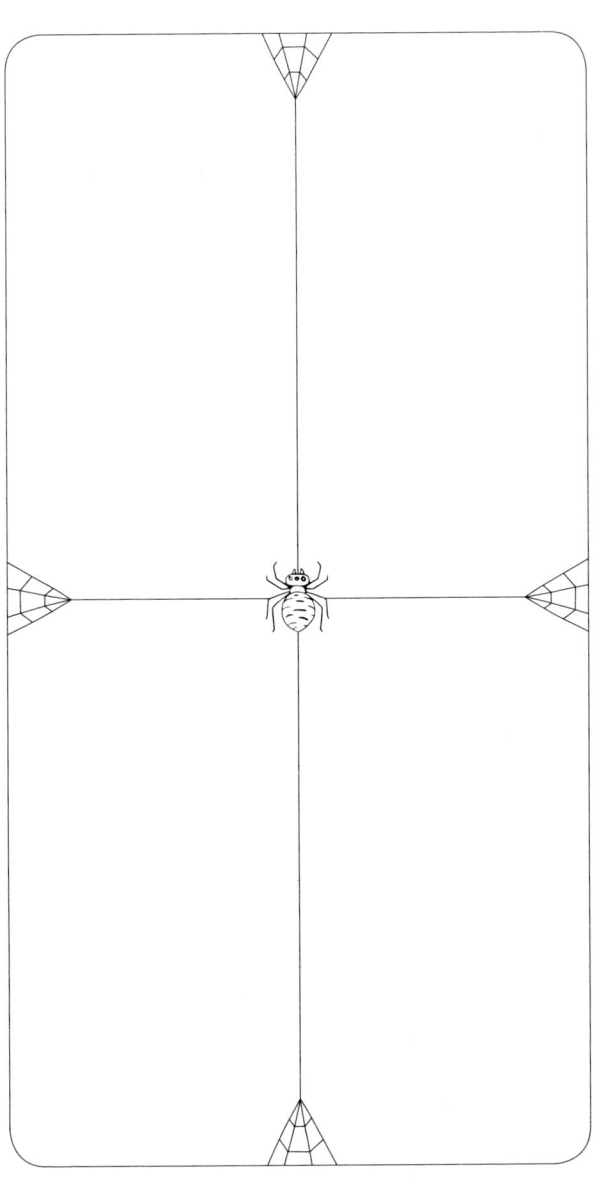

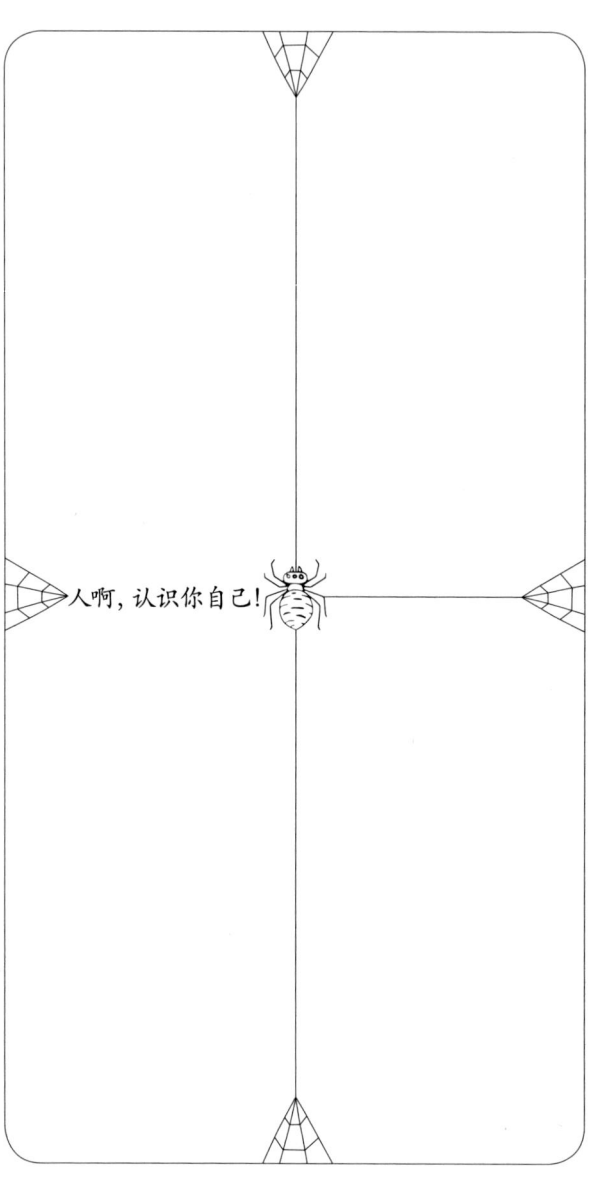